애국지사 박제형 선생 한시집

빈 배에 달빛 가득 싣고

애국지사 박제형 선생 한시집

빈 배에 달빛 가득 싣고

초판 1쇄 인쇄일 2023년 6월 15일
초판 1쇄 발행일 2023년 6월 23일

지은이 박제형
편 역 고승주
펴낸이 양옥매
디자인 송다희 표지혜
마케팅 송용호
교 정 조준경

펴낸곳 도서출판 책과나무
출판등록 제2012-000376
주소 서울특별시 마포구 방울내로 79 이노빌딩 302호
대표전화 02.372.1537 **팩스** 02.372.1538
이메일 booknamu2007@naver.com
홈페이지 www.booknamu.com
ISBN 979-11-6752-324-2 (03800)

애국지사 박제형 선생 한시집

빈 배에 달빛 가득 싣고

박제형 지음 | 고승주 편역

책과나무

간행사

애국지사 철오鐵塢 반남 박공 제형齊衡은 자랑스러운 저의 조부님입니다. 제가 태어나기 전 조부께서 돌아가셨기 때문에 조부님의 항일운동의 사적은 곁에서 지켜볼 수 없었지만, 선친 원양遠陽(조부의 장남)의 3남으로 태어난 저는 자라면서 선친의 말씀을 통해 조부님의 활동 업적을 생생히 전해 들을 수 있었습니다.

조부님은 영남 지역의 유복한 가정에서 태어나 부유한 생활을 하셨으나 일정시대 갖은 폭압과 고통 속에 시달리는 동족의 아픔을 목도하시며 항일투쟁을 결심하셨습니다. 당시 독립운동자금 조달에 앞장서서 경영하던 인쇄소와 양조장은 물론이고 전답과 가옥까지 처분하여 독립운동자금으로 희사하고 보잘것없는 초가삼간에서 여생을 보내셨습니다.

또한 성균관대학교 창립자인 심산 김창숙 선생의 요청으로 독립군 양성을 위한 군자금 모금 활동(제2차 유림단 의거)을 전개하다 발각되어 옥고를 치르시며 고초를 당하셨습니다.

어린 시절 저는 가난 속에서 힘든 생활을 하였지만, 이런 조부님의 공적을 알고부터는 조부님에 대한 존경과 자긍심을 가지고 지금까지 살아왔습니다. 특히 조부께서는 엄혹한 시절의 울분을 마음 깊이 품은 채 독립을 향한 애절한 마음을 수십 편의 시문에 담아 두셨는데, 이 남겨 두신 한시 작품을 통해 당시의 시대상을 이해하고 독립운동가로서 조부님의 우국충정과 사물에 대한 깊은 애정을 더욱 깊이 이해할 수 있었습니다.

다만, 최근까지도 한스러웠던 것은 선친께서 왜경의 삼엄하고 빈번한 가택수색에도 조부님의 시문을 잘 보관하셨으나 그간 가정의 어려운 형편 탓에 조부님의 작품과 그에 담긴 숭고한 정신을 세상에 알리는 일이 너무 늦었다는 사실입니다.

수십여 년 전 선친께서 여러 문우들과 함께 교유하며 써 오신 한시 원문의 『성동수창록城東酬唱錄』이라는 문집을 석판 인쇄로 발간하고 2011년에 영주문화원에서 『국역 성동수창록城東酬唱錄』

을 간행했으나 한시에 음을 표시하지 않아 읽고 이해하는데 어려움이 있었습니다.

최근에 이르러서야 한학에 조예가 깊은 한시 번역가를 만나게 되어 소손의 장남 준태(증손)와 합심하여 『성동수창록』에서 조부님의 작품만을 발췌해 국역한 편역서를 발간하는 계기를 마련했습니다. 가문의 숙제를 너무 늦게 시작해 선대에 대한 송구한 마음이 듦과 동시에 후손들이 합심하여 여러 사료를 모아 가며 조부님의 선비정신을 연구한 보람이 교차합니다. 조부님의 시문을 훼손하지 않고 물려주신 아버님께 마음 깊이 감사드립니다.

고통과 억압의 암울한 시대에 일신의 안락을 떠나 풍전등화와 같은 국가의 위기 앞에 분연히 앞장서신 조부님의 용기와 희생정신, 고매한 인품과 학식 그리고 애민애족 정신이 후손은 물론 후대에까지 널리 전해지길 바라면서 할아버지 영전에 이 책을 바치며 머리 숙입니다.

2023년 6월

불효손 승극 읍서

차례

1

반구정에 올라서

2

사람을 기다리며

3

돌아가는 제비

신선계곡의 푸른 안개

부록

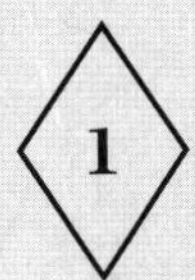

반구정에 올라서

1

가을

훌륭한 이웃을 다행히 옛 성동에서 사귀었으니

십 년 세월 서로 따르면서 취미도 같아졌네

명승지의 경치 좋아한 지 오래되었고

노년에 들어 글과 술도 순박해졌네

산의 모습은 속세를 떠나 높이 솟고

가을바람은 풀과 나무 사이에서 일렁이네

차츰차츰 지나가는 세월 머물게 할 수 없어

오랜 친구들 모두 백발이 되었네

新秋 신추

芳隣幸接古城東　방린행접고성동
十載相隨趣味同[1]　십재상수취미동
勝地煙霞多舊癖[2]　승지연하다구벽
暮年文酒續淳風　모년문주속순풍
山容聳出城塵外　산용용출성진외
秋風微生草樹中　추풍미생초수중
荏苒光陰留不得[3]　임염광음유부득
故人俱是白頭翁　고인구시백두옹

1 十載십재: 십 년. (載재: 해, 년, 싣다)
2 煙霞연하: 안개와 노을. 고유한 산수의 경치를 비유적으로 이름.
3 荏苒임염: 차츰차츰 세월이 지나가거나 일이 되어 감.

2

이튿날 밤

새로이 가을이 찾아와 오랜 친구 얼굴 서로 대하니
거문고와 책 더불어 얼마나 서로 왕래했던가
일과는 사방의 이웃과 같이하자 깊이 맹세하고
밤놀이 때는 새벽 알리는 종소리를 한스러워 했네
한가한 시간에는 마음에 품은 뜻 서로 의지했으니
세상일 겪음에 입과 귀 닫음을 누가 방해하리오
성안 저잣거리도 조용하고 불볕더위도 물러가니
다정한 가을 달이 앞 산봉우리에 떠오르네

翌夜 익야

新秋相對舊顏容　신추상대구안용
幾與琴書共過從　기여금서공과종
日課深盟四隣屐　일과심맹사린극
夜遊常恨五更鍾　야유상한오경종
消閒聊在襟期合[1, 2]　소한료재금기합
涉世何妨口耳封[3]　섭세하방구이봉
城市塵休炎熱退　성시진휴염열퇴
多情涼月上前峰　다정양월상전봉

1 消閒소한: 한가하게 시간을 보내다.
2 襟期금기: 마음에 깊이 품은 회포. (襟금: 옷깃, 앞섶, 가슴, 마음)
3 涉世섭세: 세상을 살아감.

3

반구정에 올라서

드넓은 들판에 저녁 해가 비치는데

호숫가 정자에서 옛 친구들과 옛 의관 입고 마주했네

모래 위 갈매기는 온종일 서로 가까이 날아들고

숲의 새들도 사람과 낯이 익어 날아갔다 다시 돌아오네

그윽한 회포는 늘 산수를 좋아하는 버릇이 들었고

희끗한 머리는 날아가듯 지나는 세월이 서글프네

다만 중추의 밝은 달 떠오르기 기다리며

서로 하나 되어 배회하며 푸른 산속 사립문 두드리네

登伴鷗亭[1] 등반구정

大野茫茫夕照暉[2]　대야망망석조휘
湖亭更對舊冠衣　호정경대구관의
沙鷗盡日親相近　사구진일친상근
林鳥慣人去復歸　임조관인거부귀
幽懷每切煙霞癖　유회매절연하벽
華髮偏憐歲月飛[3]　화발편련세월비
第待中秋明月在　제대중추명월재
聯翩倘扣碧山扉[4]　연편상구벽산비

1 伴鷗亭반구정: 경북 영주시에 있는 문화재로 18세기 건축 양식을 잘 보존하고 있다.
2 茫茫망망: 넓고 멀어 아득한 모양.
3 華髮화발: 희게 센 머리털. 노인을 비유적으로 이르는 말.
4 聯翩연편: 모두 잇따라 가볍게 나붓거리다. 친구들과 함께 어울려 다님을 비유함.

4

다시 구호에서 놀다

멀리서 온 빈객과 한가로이 지낸 지도 한 달이 지났는데

서로 헤어지던 그날의 생각은 어떠했던가

까닭 없이 내리는 가랑비 이별의 자리를 적시니

이름난 누각은 떠나는 길도 많음을 알겠네

고상한 운치는 성 위에 떠오르는 달과 같고

세속의 근심은 버들잎처럼 물결에 씻어 버렸네

어느 날 성 한쪽에서 다시 만나 술에 취할 때

그대는 시를 읊게 나는 술에 취해 노래하겠네

-

復遊龜湖[1] 부유구호

遠客逍遙一朔過　원객소요일삭과
相分此日意如何　상분차일의여하
無端細雨離筵濕[2]　무단세우이연습
也識名樓去路多　야식명루거로다
風韻高如城上月　풍운고여성상월
塵愁滌盡柳郊波[3]　진수척진유교파
他時更得城隅醉　타시갱득성우취
子以詩歌我酒歌　자이시가아주가

1 龜湖구호: 경북 영주의 거북 형상의 구산龜山에 동구대東龜臺가 있고 동구대 아래 호정湖亭이 있는데, 그 아래에 있는 호수를 이름.

2 離筵이연: 이별하는 자리.

3 滌盡척진: 깨끗이 씻어 내다. (滌척: 씻다, 닦다, 청소하다)

5

농가

왼쪽엔 동산 숲이 있고 우측엔 강을 끼고 있어

농가 생활의 취미는 참으로 비교할 데 없네

시골 늙은이는 자주 지팡이 짚고 물 대러 나가고

젊은 며느리는 방아 찧고 돌아와 창을 반쯤 내리네

오늘 일은 모내기하며 격양가 부르고

아침 일찍 보리타작할 때 항아리엔 술이 넘치네

울타리의 박꽃은 지고 고치실 뽑는 등 밝힌 밤

자식 글 읽는 소리 들으니 기쁨이 마음에 가득하네

田家 전가

左有園林右挾江 좌유원림우협강

田家趣味正無雙 전가취미정무쌍

老翁灌去頻携杖 노옹관거빈휴장

少婦舂歸半掩窓 소부용귀반엄창

課日移秧歌擊壤[1] 과일이앙가격양

凌晨打麥酒盈缸[2] 능신타맥주영항

匏花籬落繅燈夜[3] 포화이락소등야

聽子書聲喜滿腔 청자서성희만강

1 擊壤격양: 격양가를 부르다. 격양가는 땅을 치며 노래한다는 뜻의 중국의 고대가요로, 요나라 때 태평세월을 노래한 민요이다. 우리나라에서도 풍년이 들어 오곡이 풍성하고 민심이 후한 시대를 비유하는 말로 쓰인다.

2 盈缸영항: 항아리에 가득하다.

3 繅燈소등: 고치실 뽑을 때 밤에 밝히는 등불.(繅소: 고치를 켜다. 고치에서 실을 뽑다)

6

고기 잡는 노인

홀로 이끼 낀 자갈밭에 앉았으니 세월은 더디 흐르고

한평생 담박하게 산 날들 얼마나 많았던가

아침이면 대나무 지팡이 갈대 언덕에 던져두고

비 갠 뒤엔 도롱이 버드나무 가지에 걸어 두었네

물질 벗어난 호방한 마음 더불어 겨룰 상대 없으니

내 처한 곳 마음대로 옮겨도 누구도 막을 수 없네

낚시 마치고 돌아오며 한 곡조 노래 부르니

내 마음은 세속 사람들이 알지 못하네

漁翁 어옹

獨坐苔磯歲月遲[1] 독좌태기세월지
生涯澹泊幾多時 생애담박기다시
朝來竹杖投蘆岸 조래죽장투노안
霽後煙簑掛柳枝 제후연사괘유지
物外放情無與敵 물외방정무여적
座闌隨處不妨移 좌란수처불방이
罷釣歸來歌一唱[2] 파조귀래가일창
是心難與俗人知 시심난여속인지

1 苔磯태기: 이끼 낀 자갈밭.
2 罷釣파조: 낚시를 마치다.

7

중추의 달구경

정자에서 만나자는 약속 8월 가을인데

얼마 지나지 않아 밝은 달이 난간에 떠오르네

강가의 갈매기, 해오라기와 맹세하려 했는데

누가 밤 오경에 두우斗牛에 다시 의지했나

넓은 들은 아득한데 구름 그림자는 중첩되고

온 성은 구별할 수 없이 전깃불만 흐르네

오랜 친구들 모두 백발이 성성하니

시문과 술 풍류 외에 구할 게 무언가

中秋翫月[1] 중추완월

有約登亭八月秋　유약등정팔월추
少焉明月上欄頭　소언명월상난두
一江我欲盟鷗鷺[2]　일강아욕맹구로
五更誰曾倚斗牛[3]　오경수증의두우
大野迷茫雲影重　대야미망운영중
全城交錯電光流[4]　전성교착전광류
故人俱是星星髮[5]　고인구시성성발
文酒風流外莫求　문주풍류외막구

1 翫月완월: 달을 구경하다. (翫완: 희롱하다, 구경하다)
2 盟鷗鷺맹구로: 갈매기, 백로와 벗하며 자연에 은거하기로 약속함.
3 斗牛두우: 28수宿 중 서방에 일곱 개의 별자리가 있는데 그중 북두성과 견우성을 지칭함. 두 별자리가 가장 밤늦게까지 보임.
4 交錯교착: 이리저리 엇갈려 뒤섞임.
5 星星성성: 머리털 따위가 희끗희끗하게 세다.

8

바둑

날마다 한가한 시간 보낼 계책은 적지 않네

늘그막에 바둑판에 매이니 세속의 번거로움은 없네

적절하게 배치하여 고수와 하수가 겨루니

승부란 원래 옳고 그름을 결정함과 다르네

위급할 때는 묵묵히 바둑판만 바라보고

기세를 얻으면 바둑돌을 나는 듯 땅땅거리며 놓네

늙은이의 풍류는 굳이 말하지 말게나

적수만 만나면 세상 걱정은 모두 잊는다네

圍碁 위기

逐日消閒計不微[1] 축일소한계불미
晚從碁局俗塵稀 만종기국속진희
布排已識爭高下 포배이식쟁고하
勝負元殊決是非 승부원수결시비
臨危默默看枰坐 임위묵묵간평좌
得勢丁丁落子飛[2] 득세정정낙자비
衰暮風流須莫說 쇠모풍류수막설
每逢敵手頓忘機[3] 매봉적수돈망기

1 消閒소한: 한가롭게 소일하다.
2 丁丁정정: 바둑판에 바둑을 잇따라 두는 소리.
3 忘機망기: 속세의 일이나 욕심을 잊음.

9

전등

바둑을 나열하고 구슬을 엮은 듯한 성시城市의 집에

삽시간에 해 지는 초저녁에 밝은 빛이 통했네

화학化學을 비록 세상을 위해 뽑아 썼으나

기관에 대해서는 옛 선인의 책에 쓰여 있네

처마에 들어온 두 줄 선은 긴 무지개 같고

벽에 빛나는 둥근 빛에 밤이 아닌 것 같네

이러한 신기함을 이제야 보니

과거의 등불과 촛불은 모두 덧없는 일로 돌아가는구나

電燈 전등

綦羅珠綴市城廬　　기라주철시성려
片刻通明日落初[1]　　편각통명일락초
化學雖爲抄世用　　화학수위초세용
機關應載古人書　　기관응재고인서
入簷雙線長虹似[2]　　입첨쌍선장홍사
耀壁圓光不夜如　　요벽원광불야여
有此神奇今如見　　유차신기금여견
從來炬燭摠歸虛[3]　　종래거촉총귀허

1 片刻편각: 매우 짧은 시간.
2 長虹장홍: 긴 무지개.
3 炬燭거촉: 등불과 촛불. (炬거: 횃불, 등불)

10

늙은 기생

적적하게 눈물 흘리며 방에 갇혀 부름 듣지 못하니

내가 보아도 옛 시절의 내가 아니구나

갑 속의 거문고 소리 공연히 처절하기만 하고

거울 속 꽃 같은 얼굴도 반은 시들었네

세력의 성쇠에 따른 세태는 어제와 오늘이 다르고

금석 같은 깊은 맹세도 잠깐 지나면 사라지네

지난날 화려한 시절이 자주 꿈에 나타나는데

깨어 보면 술 한 독 사라고 다투는 것 같네

老妓 노기

潸寂房櫳未聞呼[1]　잠적방농미문호
看吾非是舊時吾　간오비시구시오
匣中琴韻空悽絶　갑중금운공처절
鏡裏花容半槁枯[2]　경리화용반고고
炎凉俗態殊今古　염량속태수금고
金石深盟乍有無[3]　금석심맹사유무
前日繁華頻入夢　전일번화빈입몽
覺來爭似一樽沽　각래쟁사일준고

1 潸寂잠적: 눈물을 적적하게 흘리다.
2 槁枯고고: 여위어 마르다.
3 乍有無사유무: 잠시 지나 사라지다. (乍사: 잠시, 잠깐)

11

옛 사찰

푸른 기와와 푸른 등나무가 한 빛인데

두세 명 야윈 스님이 이곳에 살고 있네

그윽한 꽃 땅에 질 때 종소리는 멀어지고

오래된 부처가 상을 의지하니 촛불 그림자 낮아지네

작은 오솔길에 이끼가 끼니 찾아오는 이 드물고

깊은 숲에 해 지니 새들만 쓸쓸히 우네

전각이 황폐해져도 보수하는 사람 없고

삼계의 하늘에 비와 이슬만 아득하네

古寺 고사

碧瓦蒼藤一色齊　벽와창등일색제
兩三枯釋此中捿[1]　양삼고석차중서
玄花墜地鍾聲遠　현화추지종성원
老佛依床燭影低　노불의상촉영저
小逕苔生人罕到[2]　소경태생인한도
窮林日落鳥空啼　궁림일락조공제
荒凉殿閣無人葺　황량전각무인즙
獨有諸天雨露迷[3]　독유제천우로미

1 枯釋고석: 야윈 스님.
2 小逕소경: 오솔길.
3 諸天제천: 모든 하늘. 곧 삼계, 즉 욕계 색계 무색계.

12

초승달

가느다란 초승달 빛 더욱 아름다워

높은 난간에 기대어 시름겨운 마음 보내네

백 년 세월 사방 각지에서 얼마나 나를 찾았던가

오랜 옛 문헌을 두루 사랑했네

갑자기 갈고리 형체가 하늘에 걸려 있더니

잠시 뒤 달그림자 산기슭을 내려오네

한 달 동안 저절로 차고 이우는 이치가 있으니

차례 마치는 밤 우리 집 섬돌에도 달빛이 가득하겠지

初月 초월

初月纖纖色逾佳　초월섬섬색유가
憑軒迢遞遣愁懷　빙헌초체견수회
百年湖海尋吾幾　백년호해심오기
千古文章愛爾皆　천고문장애이개
俄者鉤形懸玉宇[1,2]　자구형현옥우
小焉蟾影下山崖[3]　소언섬영하산애
三旬自有盈虛理　삼순자유영허리
次第終宵滿我階　차제종소만아계

1 鉤形구형: 갈고리 형체. 초승달과 그믐달을 갈고리달이라고도 함.
2 玉宇옥우: 천제가 사는 집이라는 뜻으로, 하늘을 이름.
3 蟾影섬영: 달그림자. (蟾섬: 두꺼비, 달, 달빛)

13

늙은 소나무

옛 노인들 서로 전하길 누가 심었는지 모른다 하네

가엽게도 바람서리를 몸소 겪었구나

재목이 못 되어 목수가 버린 것 아니요

다만 여름 더위 가시게 하고 내 마음 넓게 하려 함이네

땅을 뚫고 올라 돌에 의지해 뿌리를 돌렸고

푸른 솔잎 덮개가 하늘에 닿아 대臺를 가릴 만하네

높이 솟아올라 끝내 은둔하기 어려우리니

명당 지을 때 쓰일 곳 있지 않겠느냐

老松 노송

相傳古老不知栽　상전고노부지재
憐爾風霜閱歷來[1]　연이풍상열역래
不是非材匠手棄　불시비재장수기
只緣消夏我心恢　지연소하아심회
回根逆地偏依石　회근역지편의석
翠蓋干霄可掩臺　취개간소가엄대
偃蹇終難丘壑志[2,3]　언건종난구학지
明堂需用有時哉　명당수용유시재

1 閱歷열력: 여러 가지 일을 겪어 지내 옴(閱열: 보다, 검열하다, 읽다, 지내다)
2 偃蹇언건: 거드름을 피우며 거만함. 성대한 모양, 높은 모양.
3 丘壑구학: 언덕과 구릉. 현실 세계와 거리를 두고 자연 속에서 유유자적함.

14

농사일

늙은이가 잠이 없어 앉아 새벽을 보내다가

문을 나서 새로운 모습의 들판을 먼저 보네

풍년이 들어 풍성한 누런 곡식을 언덕에 실어 내고

제사에 쓸 술 넉넉하여 이웃에게 나눠 주자 말하네

밭 갈고 김매는 노고는 이미 지나갔으니

다만 수확의 즐거움만 자주 보겠네

인간 세상 지극한 즐거움은 농가 일이 최고이니

농사일 보는 사람이 태평성대를 누리네

觀稼 관가

老叟無眠坐送晨　노수무면좌송신
出門先見野容新　출문선견야용신
豊年穰穰黃輸壟[1]　풍년양양황수롱
社酒盈盈話起隣[2]　사주영영화기린
已過耕耘勞苦積[3]　이과경운노고적
第看收穫喜歡頻　제간수확희환빈
世間至樂田家最　세간지락전가최
觀稼人惟擊壤人　관가인유격양인

1 穰穰양양: 낟알이 잘 여문 모양. 많고 넉넉한 모양.(穰양: 줄기, 낟알)
2 盈盈영영: 물이 가득 차서 찰랑찰랑하다.
3 耕耘경운: 밭 갈고 김매다.

15

중추에 찾아온 손님

강가의 서늘한 가을 기운이 누각에 이르고

뜻있는 선비들 누대에 오르니 감회가 넘치네

십 년 세월 전쟁의 풍진은 꿈속 환영 같고

반평생을 초목처럼 푸른 허공에 맡겼네

이 고을에 다행히 문인들의 모임이 있는데

이런 날엔 어찌하여 저녁노을은 바삐 지는가

웃으며 담소하다 어느새 작별하려 하니

떠나는 이 머무는 이 모두 늙은이로 술에 취했네

中秋有客 중추유객

一江秋氣上樓涼　일강추기상루량
志士登臨懷緖長　지사등림회서장
十載煙塵如夢幻[1]　십재연진여몽환
半生草木任空蒼　반생초목임공창
玆州幸有文人會　자주행유문인회
此日其何夕照忙　차일기하석조망
笑語於焉仍欲別[2]　소어어언잉욕별
去留俱醉暮年觴　거류구취모년상

1 煙塵연진: 싸움터에서 일어나는 티끌이라는 뜻으로 전쟁으로 인해 어수선하고 어지러운 분위기.

2 於焉어언: 알지 못하는 사이에 어느덧.

2

사람을 기다리며

16

가을날 호숫가 정자에서

그대는 남쪽 고을에서 시로써 명성을 날린다 들었는데

늦가을 청명한 날 노쇠해서야 만나게 되었네

드넓은 하늘 차가운 이슬에 기러기는 쌍쌍이 날아가고

오랜 절벽엔 가을빛 물들고 많은 새 울음소리 들리네

단풍 든 골짜기 찾아가기로 했으나 먼 길 수고로우니

국화주 주고받으며 남은 인생 취해나 보세

어찌하여 세상이 전쟁의 풍진으로 암담해졌는가

십 년 세월 궁벽한 산촌에서 나는 밭 갈며 고생했네

秋日會飮湖亭 추일회음호정

聞子南鄕詩以鳴　문자남향시이명
衰年相對晩秋晴　쇠년상대만추청
長天露冷鴈雙度　장천노냉안쌍도
古壁秋多禽一聲　고벽추다금일성
丹峽期行勞遠役　단협기행노원역
黃花酬節醉餘生[1,2]　황화수절취여생
緣何四海煙塵暗[3]　연하사해연진암
十載窮山苦我耕　십재궁산고아경

1 黃花황화: 황국으로 담은 국화주.
2 酬節수절: 술잔을 주고받다. (酬수: 갚다, (잔)돌리다)
3 四海사해: 사방의 바다, 온 세상을 이름.

17

망호정에서

의림지 호반의 나그네 누각에 오르니

누각 밖의 풍취를 모두 마음에 담았네

늙은 나무 둘러선 제방에 지팡이 의지해 자주 갔고

폭포 걸린 층층 바위 다시 머리를 돌려 보았네

천추의 명승고적 시로는 그리기 어렵고

백 리 길 돌아가는 행장, 배는 달빛을 가득 실었네

멀고 먼 우륵于勒의 일을 물어보니

늙은 어부는 웃으며 흰 갈매기 앉은 물가를 가리키네

望湖亭[1] 망호정

義林池畔客登樓　　의림지반객등루
樓外風煙盡意收　　누외풍연진의수
古木環堤頻拄杖[2]　　고목환제빈주장
層巖懸瀑更回頭　　층암현폭경회두
千秋勝蹟詩難畵　　천추승적시난화
百里歸裝月載舟　　백리귀장월재주
借問遙遙于勒事[3]　　차문요요우륵사
漁翁笑指白鷗洲　　어옹소지백구주

1 본시의 원제는 다음과 같다.九月初伍忘洞鄭致賢約同社諸人欲賞湖西諸郡蚤朝發車吾抵提州義林池登望湖亭次板上韻(9월 초닷샛날 망동에 사는 정치현이 같은 모임의 여러 사람과 약속하고 호서의 여러 고을을 구경하고자 아침 일찍 차로 떠나서 낮에 제천 의림지에 도착하여 망호정에 올라 판상의 시에 차운하다)

2 拄杖주장: 지팡이에 의지하다.

3 遙遙요요: 매우 멀고 아득하다.

18

매화

성중에서 옛 매화 핀 난간으로 찾아왔는데

다행히 읊던 책 책상 위에 두었음을 의지했네

수척해진 찬 가지에는 야윈 뼈만 남았고

고운 옥 같은 꽃술에는 얼음 정신을 지녔네

어찌 복숭아와 배꽃을 마음 같이하는 벗이라 하리

애오라지 국화, 소나무와 더불어 세상 어둠을 초월했네

눈 속에서도 아름다운 자태에 봄이 들어 있는데

부끄럽게도 내가 읊는 제목은 세속의 말뿐이네

-

梅 매

城中來訪舊梅軒　성중내방구매헌
幸賴吟篇案上存　행뢰음편안상존
憔悴寒條餘瘦骨[1]　초췌한조여수골
嬋妍瓊蘂保氷魂[2]　선연경예보빙혼
肯將桃梨許心契[3]　긍장도리허심계
聊與菊松超世昏　요여국송초세혼
雪裏芳姿春自在　설리방자춘자재
愧吾題詠亦塵言　괴오제영역진언

1 寒條한조: 추운 나뭇가지. (條조: 가지, 나뭇가지)
2 瓊蘂경예: 구슬 같은 꽃술. (蘂예: 꽃술)
3 心契심계: 마음으로 깊이 약속함.

19

난초

서리 맞은 국화와 눈 속의 매화를 차례로 보았네

봄이 돌아오니 빈 골짜기가 내 마음을 너그럽게 하네

꽃눈이 벌써 터지니 동쪽 바람 때문이요

명예가 항상 있는 처사의 난간에

그림책을 옮겨 오니 향기를 맡는 것 같고

읊던 책 한 편을 마치니 해도 저물어 가네

한가로운 가운데 취미를 아는 사람 없고

홀로 그윽한 정 사랑함은 늙도록 다하지 않네

蘭 난

霜菊雪梅次第看　상국설매차제간
春回空谷我心寬　춘회공곡아심관
花芽已坼東風面[1]　화아이탁동풍면
名譽恒存處士欄[2]　명예항존처사란
畵本移來香似聞　화본이래향사문
吟篇題罷日將闌　음편제파일장난
閑中趣味無人識　한중취미무인식
獨愛幽情老未殘　독애유정노미잔

1 已坼이탁: 꽃눈이 이미 터지다. (坼탁: 터지다, 갈라지다)
2 處士처사: 예전에 벼슬을 하지 아니하고 초야에 묻혀 살던 선비.

20

국화

도연명은 품위와 한가함을 사랑함이 아니라

국화의 너그러운 마음을 세상에 밝히려 함이라네

홀로 갖은 풍상을 사랑함은 늦은 계절에야 알고

향기로움 꽃들과 다투지 않으니 꽃무리에서 빠졌네

난초와 혜초의 향기가 같기 어렵다고 누가 말했는가

나는 복숭아꽃, 앵두꽃의 곱게 웃는 모습을 탄식하네

벗을 따라서 우아한 감상을 알았으니

중양절 여러 날 술병을 차고 왔었네

菊 국

淵明非是愛優閑[1]	연명비시애우한
用爾寬情曠世間	용이관정광세간
獨愛風霜知晩節	독애풍상지만절
不爭芬馥漏群班[2]	부쟁분복누군반
誰云蘭蕙難同臭	수운난혜난동취
我嘆桃櫻鮮解顔[3]	아탄도앵선해안
賴有朋從知雅賞	뇌유붕종지아상
重陽多日佩壺還	중양다일패호환

1 淵明연명: 도연명陶淵明(365~427). 중국 동진 말기부터 남조의 송대 초기에 걸쳐 생존한 중국의 대표적인 시인으로, 국화를 사랑하여 국화에 대한 시가 많다.

2 芬馥분복: 매우 향기로움.(芬분: 향기, 향기롭다 / 馥복: 향기, 향기롭다)

3 解顔해안: 얼굴을 부드럽게 하고 웃음을 띰.

21

금선정에 올라서

금선정 아래는 맑은 개울이요 개울 위는 금선대인데

금계옹 남긴 자취가 지금까지 전해 오네

푸른 솔가지는 늘어지고 바위 이끼도 오래되었는데

땅을 점령하던 당시 세속의 먼지는 끊어졌네

–

登錦仙亭[1] 등금선정

亭下清溪溪上臺　　정하청계계상대
錦翁遺躅至今來[2,3]　　금옹유축지금래
蒼松落落巖苔老　　창송낙낙암태노
占地當年絶世埃　　점지당년절세애

1 錦仙亭금선정: 경북 영주시 풍기읍 금계리에 있는 정자로 1781년(정조 5년) 군수 이한일이 정자를 건립하고 금선정이라 이름하였다.

2 錦翁금옹: 조선 명종 때의 문신 황준량黃俊良(1517~1563), 호는 금계錦溪이다. 조선 전기에 신녕 현감, 단양 군수, 성주 목사 등을 역임했다.

3 遺躅유촉: 남긴 발자취.

22

기러기

서리 내리는 하늘 구월 달 밝은 밤에

홀로 산창에 의지해 멀리 날아가는 기러기 소리 듣네

모래톱 갈대밭에 바람이 치면 기러기 소리 끊기고

기러기 그림자 모래 언덕을 지나고 이슬은 다리에 내렸네

아마 망루 지키는 남편에게 아내의 소식 전했으리라

고깃배 위 지날 때는 나그네 피리 소리 들었겠지

봄에 떠났다 가을에 돌아옴이 네 본성이지만

어느 곳에서 여름 더위를 식히는지 모르겠구나

-

鴈 안

霜天九月明月宵[1]　상천구월명월소
孤倚山窓聞鴈遙　고의산창문안요
聲斷葭洲風打葉　성단가주풍타엽
影飛沙岸露橫橋　영비사안노횡교
應知戍壘傳閨信[2]　응지수루전규신
倘過漁舟聽客簫　당과어주청객소
春去秋來元爾性[3]　춘거추래원이성
未知何處夏炎消　미지하처하염소

1 霜天상천: 서리가 내리는 밤의 하늘.
2 閨信규신: 아내의 편지. (閨규: 안방, 침실, 부녀자)
3 元爾性원이성: 원래 너의 본성이다.

23

닭싸움

닭 무리의 타고난 성질 서로 친하지 않으니

여럿이 기장을 쪼아 먹다 어지럽게 들판으로 달려가고

돌아올 때는 아무 까닭 없이 분노가 일어

날이 어둑어둑해져도 둥지에 들어가려 하지 않네

서로 맞서 싸울 때 몸 망가지는 걸 어찌 알리

피하는 체하다 되돌아오니 제 뜻을 저버리는 것 같네

싸움에서 기세를 타고 계속 몰아쳐도 힘이 남아서

기세 좋게 뽕나무 가지에 올라가 큰 소리로 우네

鬪鷄 투계

鷄群底性不親交[1] 계군저성불친교
啄黍紛紛各出郊[2] 탁서분분각출교
歸路無端生忿怒 귀로무단생분노
當昏未暇入棲巢 당혼미가입서소
抗爭那識身將敗 항쟁나식신장패
佯避還如意自抛[3] 양피환여의자포
乘勝長驅餘力在 승승장구여력재
洋洋高唱上桑梢[4, 5] 양양고창상상초

1 底性저성: 본래 타고난 성질.
2 紛紛분분: 여럿이 한데 섞여 어수선하다.
3 佯避양피: 거짓으로 피하다. (佯양: 거짓, 가장하다)
4 洋洋양양: 기세 좋은 모양, 성대한 모양.
5 桑梢상초: 뽕나무 끝.

24

사람을 기다리며

홀로 산의 창문에 기대니 달은 언덕에 오르고
마음에 그리운 사람 꿈속에서 또렷이 만났네
멀리 들리는 변방의 기러기 소리 가을 깊음을 알리고
새로 심은 화분의 매화도 몇 자나 자랐네
자식 가르칠 때 살펴보도록 책상에 서찰을 남겨 두고
지혜로운 아내는 묵은 막걸리 항아리 가득 채워 두었네
가엽게도 그는 이역 땅에서 갖은 풍상을 괴로워했는데
많은 세월 지났으니 귀밑머리 눈처럼 희어졌겠지

-

待人 대인

獨倚山窓月上皐　　독의산창월상고
懷人歷歷夢中遭[1]　　회인역력몽중조
遙聞塞鴈深秋報　　요문색안심추보
新種盆梅數尺高　　신종분매수척고
教子探看留案札　　교자탐간유안찰
謀妻久釀滿缸醪[2]　　모처구양만항료
憐渠異域風霜苦　　연거이역풍상고
經歲應添鬢雪毛[3]　　경세응첨빈설모

1 歷歷역력: 두렷함, 분명함. 사물이 질서 정연하게 나란한 모양.
2 缸醪항료: 항아리에 담은 막걸리.
3 鬢雪빈설: 눈처럼 흰 귀밑머리.

25

가을비

쓸쓸한 가을비 열흘 지나도록 내리니

일 많은 농가의 괴로운 번민 어떠했으리오

곡식 익기 시작한 올해 형편은 풍년 들기 어렵고

거두지 못한 과일은 빈 가지에 달렸네

처마 끝 어지러운 물방울에 미운 마음 일어나고

구름 밖 남은 햇볕은 잠시 잠깐 지나가네

새로 심은 밭의 채소도 당연히 손실이 있겠지만

장마 근심하는 내 마음 다른 일엔 관여하지 않네

秋雨 추우

蕭蕭秋雨一旬多[1] 소소추우일순다
多事田家苦惱何 다사전가고뇌하
向熟年形難大稔 향숙연형난대임
未收園果但空柯 미수원과단공가
簷端亂滴生憎久[2] 첨단난적생증구
雲外殘陽暫度俄 운외잔양잠도아
新種畦蔬應有損[3] 신종휴소응유손
愁霖我思不關他[4] 수림아사불관타

1 蕭蕭소소: 바람이나 빗소리 따위가 쓸쓸하다.
2 簷端첨단: 처마 끝.
3 畦蔬휴소: 밭의 채소. (畦휴: 밭두둑, 지경)
4 愁霖수림: 장마를 근심하다. (霖림: 장마. 사흘 이상 계속 내리는 비)

26

학가산

눈앞에 펼쳐진 모든 산에 어느 것을 더해 견주리오

푸른빛 어여삐 우리 집을 향했구나

창문을 밀치니 몇 개의 기이한 바위가 늘어서고

최고봉에는 비스듬한 낙조가 뚜렷하게 밝네

태백산에서 갈라진 지맥이 몇 굽이던가

남쪽 고을 맑은 기운은 족히 자랑할 만하네

강을 끼고 산골짜기 등진 강주 고을

앞의 허전함을 채우기 위해 한쪽을 막았구나

鶴駕山 학가산

眼界群山較孰加　　안계군산교숙가
蒼蒼憐爾向吾家[1]　　창창연이향오가
推窓可數奇巖列　　추창가수기암열
絶頂偏明落照斜　　절정편명낙조사
太白分支能幾屈　　태백분지능기굴
南州淑氣足堪誇[2]　　남주숙기족감과
挾江背峽剛州府[3]　　협강배협강주부
爲補前虛一面遮　　위보전허일면차

1 蒼蒼창창: 나무나 숲이 짙푸르게 무성하다.
2 堪誇감과: 자랑을 참다. (堪감: 견디다, 참다, 감당하다)
3 剛州강주: 경북 영주 지역의 옛 지명.

27

종이

결백함을 머금은 자태는 스스로 빛이 나고

문방에 종사한 세월도 길고 길었네

문방사우 중 항상 앞서 선비를 대하였고

많은 학자들 서적을 만들어 늘 책상에 따라다녔네

크고 작은 네모진 형상은 먹줄과 자와는 다르며

품질의 높고 낮음은 닥나무와 뽕나무의 혼합에 달렸네

채륜이 맨 처음 만들 때 너로 말미암아 시작했으니

백세에 걸쳐 세운 공 잊기가 어렵구나

紙 지

姿含潔白自生光　자함결백자생광
從事文房歲月長　종사문방세월장
四友居先恒對士[1]　사우거선항대사
百家成帙每隨床　백가성질매수상
方形大小殊繩尺[2]　방형대소수승척
品質高低混楮桑　품질고저혼저상
創造蔡家由汝始[3]　창조채가유여시
垂功百古亦難忘　수공백고역난망

1 四友사우: 문방사우文房四友. 곧 종이, 붓, 먹, 벼루를 이름.
2 繩尺승척: 먹줄과 자.
3 蔡家채가: 채륜(?~121?). 중국 후난 출신의 환관으로, 종이 만드는 기존의 제지법 기술을 한층 발달시켰는데 이를 채후지蔡侯紙라 부른다.

28

반구정에서

고귀한 수레 천 리 길 행차가 있으니

적막했던 산과 계곡에 청명한 기운이 살아나네

단풍 든 골짜기의 서풍은 기러기 소식 재촉하고

호수의 정자에 밤늦도록 앉아 강물 소리 듣네

반세상 비록 안면 멀리한 것 스스로 부끄럽지만

남쪽 고을에서 그대 이름 드날림은 이미 실컷 들었네

고금의 그윽한 회포를 다 주고받지 못했는데

구성의 새벽달은 창에 들어와 밝네

伴鷗亭[1] 반구정

高車千里有今行　　고차천리유금행
寂寞溪山灝氣生　　적막계산호기생
丹峽西風催雁信[2]　　단협서풍최안신
湖亭長夜坐江聲　　호정장야좌강성
自憐半世雖違面　　자련반세수위면
已飽南鄉獨擅名[3]　　이포남향독천명
今古幽懷酬未盡　　금고유회수미진
龜城曉月入牕明[4]　　구성효월입창명

1 본시의 원제는 다음과 같다. 晉陽河晦峰謙鎭自提川還宿伴鷗亭限韻共賦(진양의 회봉 하겸진이 제천에서 돌아와서 반구정에 묵었는데 한限 운자韻字로 함께 시를 지었다.)

2 雁信안신: 기러기가 전해 주는 편지. 한 무제 때 한나라 사신 소무가 흉노에게 붙잡혀 있을 당시 기러기 다리에 편지를 매어 한나라에 보냈다는 고사에서 유래하며, 먼 곳에서 소식을 전하는 편지를 뜻한다.

3 已飽이포: 이미 배가 부르다. 즉, 이미 소식을 많이 들었다는 뜻.

4 龜城구성: ① 경북 영주 시내의 구성공원이 있는 산. ② 경북 영주시의 옛 이름.

29

선계동에서 놀다

소나무와 계수나무 창창하여 누각은 보이지 않고

산을 끼고 다만 그윽한 계곡 하나 있네

수많은 집은 푸른 기와 얹은 성동시요

버드나무 옆 모래톱에는 몇 마리 기러기들의 차가운 울음

이곳에 이르러 마음껏 부르는 노래는 여기에 연유하고

까닭 없이 희어진 머리는 사람들 만나기 부끄럽네

산새도 한가하게 노는 내 마음을 알아채고는

시 짓는 자리 가까이 다가오다 다시 멈추네

遊仙溪洞 유선계동

松桂蒼蒼不見樓　송계창창불견루
挾山只有一溪幽　협산지유일계유
千門碧瓦城東市　천문벽와성동시
數雁寒聲柳外洲　수안한성유외주
到此狂歌緣底發[1]　도차광가연저발
無端華髮向人羞　무단화발향인수
山禽亦解閑遊意　산금역해한유의
故近詩筵去復留[2]　고근시연거부류

1 狂歌광가: 곡조나 가사와 상관없이 마구 소리쳐 부르는 노래.

2 詩筵시연: 시를 짓는 자리.

30

구성에서

외로운 성은 큰 강가에 우뚝 서서

우리 고을 얼굴로서 고금을 다 보았네

작은 거리에 구름 깊으니 학의 꿈도 더디고

기이한 바위 위 푸른 솔은 거문고 타는 소리를 배우네

천추의 긴 세월 찾아온 나그네 얼마나 보냈던가

해가 지니 앉았다가 날아오르는 새들 많고

여기에 불교 사찰과 신선의 누각이 경치를 더하니

강산의 풍경을 속인으로는 다 읊기 어렵네

龜城 구성

孤城特立大江潯　고성특립대강심
眉目吾州閱古今[1]　미목오주열고금
小巷雲深遲鶴夢　소항운심지학몽
奇巖松翠學琴心[2]　기암송취학금심
千秋幾送登臨客　천추기송등림객
落日偏多下上禽　낙일편다하상금
佛寺仙樓添一景　불사선루첨일경
煙霞難盡俗人吟　연하난진속인음

1 眉目미목: 눈썹과 눈, 얼굴 모습을 이름.

2 學琴心학금심: 거문고 마음을 배우다. 솔잎이 바람에 거문고 타는 소리를 내는 것을 비유함.

돌아가는 제비

31

철탄산에 오르다

강주의 큰 진산으로 산세는 남쪽을 향하고

산의 풍광은 사람들의 한가로운 이야기가 되었네

들판의 빛을 보니 곡식 무르익어 풍년이 들었고

사람들 마음도 세상과 더불어 흥겨워함을 알겠네

시 짓는 책상을 가져와 친구 넷과 함께했으니

꽃 피는 시절에 누가 석 잔 술에 취해 쓰러지겠는가

놀이 중에 지난날 겪은 풍진을 생각하니

덧없는 인생의 한을 견디지 못하겠네

登鐵呑山[1] 등철탄산

雄鎭剛州勢向南　　웅진강주세향남
此山風景付閑談　　차산풍경부한담
從看野色年登稔[2]　　종간야색연등임
也識人情世與酣　　야식인정세여감
詩榻我來同友四　　시탑아래동우사
花時誰倒醉盃三　　화시수도취배삼
遊觀惹起前塵事[3, 4]　　유관야기전진사
長使浮生恨不堪　　장사부생한불감

1 鐵呑山철탄산: 경북 영주시 동북간에 있는 산으로 해발 276m 옛 영천군의 동헌과 영주군의 청사가 철탄산을 등지고 있었기 때문에 영주의 진산으로 부른다.

2 登稔등임: 곡식이 익다. 여물다. (稔임: 여물다, 익다)

3 惹起야기: 일이나 사건 따위를 끌어 일으킴. (惹야: 이끌다, 끌어당기다)

4 塵事진사: 세상 풍진의 일. (풍진風塵: ① 바람에 날리는 티끌. ② 세상에서 일어나는 어지러운 일이나 시련)

32

영귀루에 오르다

높고 큰 성전이 존엄하게 섰으니

유림들로 오래도록 이곳을 우러러보게 하겠네

목탁 소리 아득하니 사람들은 난간에 의지하고

행단은 적적한데 주렴에 비치는 해는 더디게 가네

영귀루에 세상의 먼지가 닥치는 것을 어찌하랴

가을이 된 뒤 어찌하여 귀밑머리만 희어졌는가

골짜기 가득한 소나무와 삼나무는 이미 늙었으니

예전의 우로가 아마도 적셔 주었겠지

登詠歸樓 등영귀루

巍巍聖殿立尊嚴[1] 외외성전입존엄
長使儒林此仰瞻 장사유림차앙첨
木鐸悠悠人倚檻 목탁유유인의함
杏壇寂寂日遲簾[2] 행단적적일지염
樓前可奈城塵迫 누전가내성진박
秋後緣何鬢雪兼 추후연하빈설겸
滿壑松杉今已老 만학송삼금이노
先天雨露也應沾[3] 선천우로야응점

1 巍巍외외: 산이 높고 큰 모양, 우뚝 서서 독립한 모양. (巍외: 높고 큰 모양)

2 杏壇행단: 학문을 닦는 곳을 이름. 공자는 살구나무가 있는 곳에 단을 만들어 제자들을 가르쳤다. 그곳을 행단이라 한다. 여기서는 향교를 뜻한다.

3 先天선천: 예전에 이미 있었던 것. 이전의 세상.

33

가을밤

겹겹으로 된 지붕 모서리는 바위처럼 흩어졌는데

경치를 그리려 하니 원근을 다 넣기가 어렵구나

가장 싫은 것은 벌레가 섬돌에서 어지럽게 우는 것이요

돌아오는 기러기는 봉한 편지를 아마 전해 주었겠지

시를 짓는 근심은 이웃으로 향하려는 발길을 염려하고

가을 기운은 쓸쓸히 나의 적삼을 파고드네

오직 전깃불이 수많은 집에 이어져

성안 가득한 광채가 참으로 범상하지 않구나

-

秋夜 추야

重重屋角散如巖[1]	중중옥각산여암
寫景誠難遠近咸	사경성난원근함
最厭鳴虫空砌亂	최염명충공체란
倘傳歸雁信書緘	당전귀안신서함
詩愁耿耿勞隣屐[2]	시수경경노인극
秋氣蕭蕭透我衫	추기소소투아삼
惟有電燈千戶列	유유전등천호열
滿城精彩正非凡	만성정채정비범

1 屋角옥각: 지붕의 모서리, 곧 용마루 끝을 이름.

2 耿耿경경: ① 불빛이 깜박거림. ② 마음에 사라지지 않고 염려가 됨.

34

연꽃

염옹은 천 년이나 멀어졌는데

누가 다시 연을 사랑하여 그 떨기를 옮겨 심으리오

물 위에 처음엔 녹색으로 떠오르고

가을이 이르면 늦게 붉은빛을 띠네

정정한 연뿌리 함부로 꺾지 말고

연뿌리 캘 때는 대나무 그릇을 가지고 가세

연꽃도 내 마음을 알아서

아름다운 기운 주렴을 통해 드러내네

蓮 연

濂翁千載遠[1]　염옹천재원
孰復愛移叢　숙부애이총
水上初浮綠　수상초부록
秋來晩帶紅　추래만대홍
亭亭莫折藕[2]　정정막절우
採採須提籠　채채수제롱
芙蓉知我意　부용지아의
華氣透簾通　화기투염통

1 濂翁염옹: 중국 송나라 유학자 주돈이周敦頤로, 호는 염계濂溪이다. 그는 도가사상의 영향을 받아 우주의 근원인 태극으로부터 만물이 생성하는 과정을 도해하여 태극도를 그렸다. 연꽃을 예찬한 글이 있다.

2 亭亭정정: ① 나무 따위가 높이 솟아 우뚝하다. ② 늙은 몸이 굳세고 건강하다.

35

홀로 앉아서

쓸쓸하게 가을비 내리는 밤

홀로 기름 등잔불 마주하고 있네

섬돌에는 벌레 우는 소리 끊이지 않고

징검다리 위를 날아가는 기러기 소리 다시 듣네

오랜 친구는 오래도록 한양에 있고

유학 간 아들은 고향에 돌아오지 않았네

적적함은 더욱 깊어 가는데

사립문에는 삽살개 홀로 짖고 있네

-

獨坐 독좌

蕭蕭秋雨夜 소소추우야
獨坐對油釭[1] 독좌대유강
不絶虫鳴砌[2] 부절충명체
又聞雁度矼 우문안도강
故人長在漢 고인장재한
遊子未還邦 유자미환방
寂寂更深到 적적갱심도
柴門獨吠尨[3] 시문독폐방

1 油釭유강: 기름등잔.
2 鳴砌명체: 섬돌에서 울다.
3 柴門시문: 사립짝을 달아서 만든 문. (사립짝: 나뭇가지를 엮어서 만든 문짝)

36

중양절

여유롭게 돌아다니며 구경하는 나그네

9월 9일 집에서 서로 만났네

울타리의 국화는 선명하게 피었고

문 앞의 버드나무는 잎이 다 졌네

술에 취한 뒤에는 가을 꿈도 많아져

한가하면 옛 서적을 본다네

시월이 되기 전에 한 약속이 있으니

푸른 산이 다시 나를 일으키네

-

重陽[1] 중양

謾作遊觀客[2] 만작유관객
相逢九九廬 상봉구구려
籬花開的歷[3] 이화개적력
門柳立扶疎 문유입부소
醉後多秋夢 취후다추몽
閑來覽古書 한래남고서
小春前有約[4] 소춘전유약
又起碧山余 우기벽산여

1 重陽중양: 중양절은 중국에서 유래한 명절로 한족의 전통 절일이다. 음력 9월 9일을 이르는 말로 '중구重九'라고도 한다. 9는 원래 양수이기 때문에 양수가 겹쳤다는 뜻으로 중양이라 한다. 우리나라에서도 이날 시인 묵객들은 황국黃菊을 술잔에 띄워 마시며 시를 읊거나 그림을 그리며 하루를 즐겼다.

2 謾作만작: 느릿느릿 여유롭게 행동하다.

3 的歷적력: 또렷하여 분명함. (歷력: 지나다, 세월을 보내다, 겪다)

4 小春소춘: 음력 10월을 달리 이르는 말.

37

돌아가는 제비

서리 내리는 절기를 일찍이 피하려는 것이니

타고난 성정은 절대로 어리석지 않구나

잠깐 처마 끝의 새끼줄에 앉았다가

석양 비치는 거리를 가로질러 날아가네

손님은 왔다가 당연히 떠나가지만

주인 또한 붙들기도 어렵구나

이러한 이별은 해마다 있어 온 것인데

새끼들 거느리고 떠나가니 가엽기만 하구나

歸燕 귀연

霜天曾所避　상천증소피
素性絶非愚[1]　소성절비우
乍坐簷端索[2]　사좌첨단삭
橫飛夕照衢　횡비석조구
爲賓應有去　위빈응유거
在主亦難扶　재주역난부
此別年年在　차별연년재
堪憐率爾雛　감련솔이추

1 素性소성: 타고난 성질, 본성
2 乍坐사좌: 잠깐 앉아 있다. (乍사: 잠깐, 잠시, 언뜻)

38

붉게 물든 나뭇잎

모든 잎들 쓸쓸해졌는데

붉은빛만 일제히 한 모양이네

머리 긁적이며 공연히 스스로 탄식하니

펼쳐진 그림 앞에서 뭐라 표현하기 어렵네

따뜻한 낮이 되니 벌들은 정원을 찾고

서리가 차가우니 기러기는 계곡을 건너가네

그대 가을 흥취가 미치거든

게으른 나를 일으켜서 지팡이라도 짚고 가세

紅葉 홍엽

萬葉蕭蕭裏　만엽소소리
紅光一樣齊　홍광일양제
搔首空自歎　소수공자탄
展畵杳難題[1]　전화묘난제
午暖蜂尋院　오난봉심원
霜凄雁度溪　상처안도계
有時秋興到　유시추흥도
起我懶筇携[2]　기아나공휴

1 展畵전화: 앞에 펼쳐진 그림, 곧 가을 경치를 이름.
2 筇携공휴: 지팡이를 휴대하다.

39

가을 버드나무

버드나무는 왜 일찍 시드는가

가을바람 불고 저녁 비 내리는 물가

성긴 가지에 가을 그림자도 엷어지고

잎은 떨어져서 언덕을 덮었네

이러한 쓸쓸함이 심하다고 여기지 말게

갑자기 기후가 어그러진 때문일세

당연히 명년 봄이 이르리니

금빛 버들을 거리에서 다시 볼 것이네

-

秋柳 추유

楊柳衰何早	양류쇠하조
西風暮雨涯	서풍모우애
枝疎秋影薄[1]	지소추영박
葉落岸身埋	엽낙안신매
莫此蕭條甚	막차소조심
倘因氣候乖[2]	당인기후괴
明春應有到	명춘응유도
金色復前街	금색부전가

1 枝疎지소: 나뭇가지가 성기다.
2 倘因당인: 갑자기 ~ 때문일 것이다. (倘당: 빼어나다, 뛰어나다, 갑자기)

40

귀뚜라미

귀뚜라미는 왜 그리 괴롭게 우는가

아마도 세월의 재촉함을 아는 까닭이리라

공부하던 서생은 책을 덮고 탄식하고

규중의 여인은 베 짜던 북을 멈추고 슬퍼하네

멀리 포구에는 기러기가 자주 지나가고

성긴 울타리엔 국화가 아직 피지 않았네

외로운 등불 이어진 옛 섬돌을

밤새도록 그 몇 번이나 돌았던가

蟋蟀[1] 실솔

蟋蟀聲何苦　실솔성하고
應知歲月催　응지세월최
書生掩卷歎[2]　서생엄권탄
閨女停梭哀[3]　규녀정사애
遙浦雁頻度　요포안빈도
疎籬菊未開[4]　소리국미개
孤燈連古砌　고등연고체
終夜幾巡回　종야기순회

1 蟋蟀실솔: 귀뚜라미.
2 書生서생: ① 유학을 공부하는 사람. ② 남의 집에서 일을 해 주면서 공부하는 사람.
3 停梭정사: 베 짜던 북을 멈추다.
4 疎籬소리: 성긴 울타리.

41

거미

넓게 실그물 설치한 후 몰래 몸을 피하고

수시로 나타났다 숨으며 자주 벌레를 잡네

이를 사람 사는 세상사와 견주어 보면

힘써 살아남기 꾀함은 하나로 돌아가는 이치이네

蜘蛛[1] 지주

廣設網絲暗避身[2]　광설망사암피신
隨時出沒捕虫頻　수시출몰포충빈
因渠較彼世間事[3]　인거교피세간사
役役謀生同一輪[4]　역역모생동일륜

1 蜘蛛지주: 거미.
2 網絲망사: 거미줄.
3 因渠인거: 그로 인해서(앞의 연을 받아서 말함).(渠거: 3인칭 대명사 '그')
4 役役역역: 마음과 몸을 아끼지 않고 일에 힘씀.(役역: 일을 시키다, 힘쓰다, 골몰하다)

42

범

산림 높은 곳에 누우니 곁에는 산비탈의 구름인데

한 번 울부짖는 소리에 나뭇잎도 어지럽게 떨어지네

특이한 성질은 아비와 자식의 은혜가 있어

마침내 온갖 짐승 무리의 우두머리가 되었네

虎 호

山林高臥傍山雲　산림고와방산운
一嘯長風木葉紛[1]　일소장풍목엽분
特性猶存恩父子　특성유존은부자
終於百獸長同群[2]　종어백수장동군

1 葉紛엽분: 이파리가 분분히 떨어지다.
2 終於종어: 마침내 ~에 이르다, ~이 되다.

4

신선계곡의 푸른 안개

43

구성의 여덟 경치

가학루에서 달을 감상하다

저녁 높은 누각에 오르니 날은 이미 어두운데

멀고 먼 하늘은 티 한 점 없이 깨끗하네

잠시 후 둥근 달이 중천에 이르니

경치 묘사에 이 밖에 무엇을 더 말할까

龜城八景 구성팔경

鶴樓賞月 학루상월

晩上高樓日已昏 만상고루일이혼
迢迢玉宇淨無痕[1] 초초옥우정무흔
少焉輪月天中到[2] 소언윤월천중도
寫景何求此外論 사경하구차외론

1 迢迢초초: 멀고멀다, 아득하다.
2 少焉소언: 얼마지 않아, 잠시 후.

44

구대에서 큰물을 바라보다

급히 불은 강물의 기세는 여울이 되려 하는데

열흘 장맛비가 비로소 맑아짐을 보겠네

높은 구대가 우뚝 서서 부딪히는 곳에

소란스런 물결이 공중에 뒤쳐서 오래 앉아 있기 어렵네

龜臺觀漲 구대관창

急漲江流勢欲灘[1] 급창강류세욕탄
一旬潦雨始晴看 일순요우시청간
危臺屹立衝撞處[2] 위대흘립충당처
駭浪翻空久坐難[3, 4] 해랑번공구좌난

1 漲江창강: 불어난 강물.
2 屹立흘립: 우뚝 서다.
3 駭浪해랑: 소란스런 물결. (駭해: 놀라다, 소란스럽다)
4 翻空번공: 허공에 날아 뒤집히다.

45

신선계곡의 푸른 안개

푸른 산기운이 안개와 엉켜서 산을 반쯤 덮었는데

신선의 계곡 옛 골짜기가 그 사이에 있네

짙푸른 온갖 나무가 세상의 티끌을 막아 주고

오솔길 하나 겨우 통하니 경치가 더욱 한가롭네

仙溪翠煙 선계취연

嵐翠凝煙半掩山[1]　남취응연반엄산
仙溪古洞在其間　선계고동재기간
靑蒼萬樹城塵隔[2]　청창만수성진격
一逕纔通境轉閑[3]　일경재통경전한

1 嵐翠남취: 푸른 안개. (嵐남: 산속에 생기는 아지랑이 같은 기운)
2 塵隔진격: 세상의 티끌을 막다.
3 纔通재통: 겨우 통로가 되다. (纔재: 겨우, 조금)

46

학가산의 맑은 안개

학가산은 뾰족하고 우뚝 솟아 하늘에 닿았는데

산안개와 구름 함께 한쪽에 머물렀네

비 갠 뒤 작은 티끌도 사라져 얼굴 씻은 듯 깨끗하여

짙푸른 모습 다시 마주하니 풍광도 좋네

-

鶴駕晴嵐[1] 학가청남

鶴山尖矗接於天[2] 학산첨촉접어천
嵐與浮雲共一邊 남여부운공일변
霽後纖塵如洗面 제후섬진여세면
靑蒼更對好風煙 청창경대호풍연

1 晴嵐청남: 맑은 안개. (嵐남: 嵐氣남기. 산속에 생기는 아지랑이 같은 기운)
2 尖矗첨촉: 뾰족하게 우뚝 솟음. (矗촉: 우거지다. 우뚝 솟다)

47

철탄산의 나무꾼 노래

철탄산의 나무꾼 친구들 늘 아침에 산에 오르는데

피리 한 번 불고 석양에 또 한 곡조 노래하네

우물을 파고 밭 갈며 스스로 분수를 달게 여기니

인간사 세속의 꿈은 구름과 더불어 멀어졌네

鐵峀樵歌 철수초가

鐵山樵友每登朝[1]	철산초우매등조
一笛斜陽又一謠	일적사양우일요
鑿井耕田甘自分[2]	착정경전감자분
世間塵夢與雲遙[3]	세간진몽여운요

1 鐵山철산: 철탄산(275m). 경북 영주시의 진산이다. 남동쪽을 향하여 달리는 말의 모습과 흡사하고 쇠붙이를 물고 있는 산이라 해서 철탄산鐵呑山이라고 불린다.

2 鑿井착정: 우물을 파다. (鑿착: 뚫다, 파다, 깎다)

3 塵夢진몽: 세속의 꿈.

48

남쪽 들판의 목동의 피리 소리

철탄산 남쪽 버드나무 들판에

향기로운 풀은 안개와 같고 이슬은 나무 끝에 맺혔네

불쾌한 것은 목동들 떠듦이 시장 바닥 같은데

피리를 불다가 때로 조롱도 꺼리지 않네

-

南郊牧笛 남교목적

鐵峀之南柳外郊　　철수지남유외교
如煙芳草露凝梢　　여연방초노응초
却嫌牧子讙如市　　각혐목자환여시
弄笛時時不憚嘲[1]　　농적시시불탄조

1 不憚嘲불탄조: 조롱하는 것을 꺼리지 않다.

49

절에서 들리는 쓸쓸한 종소리

구성 동쪽 언덕에 있는 범종의 누각은 높은데

설법하는 고승은 수고로움을 아끼지 않네

새벽에 쓸쓸한 종소리가 내 꿈을 깨우니

꺼져 가는 등불 홀로 마주하며 흰머리를 탄식하네

新寺寒鍾 신사한종

龜城東畔梵樓高　구성동반범루고
說法高僧不惜勞　설법고승불석노
抵曉寒鍾醒我夢[1]　지효한종성아몽
殘燈獨對嘆衰毛　잔등독대탄쇠모

1 抵曉지효: 새벽이 이르다.

50

서천의 낙조

서강의 가을 강물은 언제나 파도가 없으니

모래도 깨끗하고 지는 햇살도 아름답네

경치 구경하고 시를 짓다 돌아가는 길 늦었는데

싸늘한 회오리바람이 세차게 불어 언덕 위 숲을 흔드네

-

西川落照 서천낙조

西江秋水正無波　서강추수정무파
望裏沙明落照多　망리사명낙조다
攬景題詩歸路晩　남경제시귀로만
寒飈獵獵動林阿[1,2]　한표엽렵동임아

1 寒飈한표: 쌀쌀한 회오리바람. (飈표: 폭풍, 회오리바람, 광풍)
2 獵獵엽렵: (바람이) 스쳐 지나다. 휘날리다.

51

강주의 여덟 경치

구성산

회나무도 늙은 고려 때의 성이요

갈매기는 사수泗水의 모래 위에 한가롭네

바라보는 가운데 하나의 경치를 더했으니

사면에 농가가 둘러서 있네

剛州八詠 강주팔영

龜城山 구성산

檜老高麗堞	회노고려첩
鷗閑泗水沙	구한사수사
望中添一景	망중첨일경
四面有農家	사면유농가

52

희방폭포

성난 폭포는 어찌하여 급하게 내리치는가

가까이 있는 산 모두 서늘해졌네

폭포로 인해서 별천지가 되었는데

희방사는 남쪽 한 방면을 차지했네

喜方瀑 희방폭

怒瀑緣何急　　노폭연하급
近山都是凉　　근산도시량
因渠成別界　　인거성별계
此寺擅南方[1]　　차사천남방

1 擅南方천남방: 남쪽을 차지하다. (擅천: 점유하다, 차지하다)

53

금선정에서

바위가 겹쳐 기묘함이 뛰어난데

대臺의 둘레에 다시 병풍이 쳐졌네

우뚝하게 정자가 홀로 섰으니

영묘한 기운이 있음을 떠올리네

錦仙亭 금선정

疊石成奇絕[1]　　첩석성기절
環臺又作屛　　환대우작병
兀然亭獨立[2]　　올연정독립
想像有精靈　　상상유정령

1 疊石첩석: 첩첩이 쌓인 돌.
2 兀然올연: 홀로 우뚝한 모양.

54

부석사에서

사찰의 문에는 세월도 한가롭고

석탑이 소나무와 등나무를 가렸네

유교나 불교는 다 성쇠가 같은데

저 설법하는 스님 가엽기도 하구나

浮石寺[1] 부석사

寺門閑日月	사문한일월
石塔掩松藤	석탑엄송등
儒佛同興廢	유불동흥폐
憐渠說法僧	연거설법승

1 浮石寺부석사: 경북 영주시 부석면 북지리에 있는 절. 고운사의 말사로 신라 문무왕 16년(676년)에 의상이 창건하였다고 한다. 우리나라에서 가장 오래된 목조 건축인 무량수전無量壽殿과 조사당祖師堂이 있고 아미타여래 좌상, 삼층석탑 등 많은 문화재가 있다.

55

낙하암

외진 곳에 기이한 바위가 섞여 있는데

계곡물 한 줄기 콸콸 흐르는 소리

노년이 되어 경치 좋은 곳 찾아서 왔네

덕망 높은 노인은 이미 학문을 갈고닦았네

落霞巖[1] 낙하암

僻處奇巖錯　　벽처기암착
一溪響瀃流[2]　　일계향괵류
暮年探勝到　　모년탐승도
古老已藏修[3]　　고노이장수

1 **落霞巖**낙하암: 영주시 부석면 소천리에 있다. 대적벽 아래 수십 미터 되는 시냇가의 10여 리 길에 바위들이 있다.
2 **瀃流**괵류: 물이 갈라져 흐르다. (瀃괵: 물이 갈라져 나가다)
3 **藏修**장수: 책을 읽고 학문에 힘씀.

56

국망봉

높고 높은 소백산 봉우리는

검푸른빛이 예나 지금이나 같구나

임금이 있는 도성은 마침내 바라보기 어려워서

머리를 돌려 홀로 읊조리는 듯하네

國望峰[1] 국망봉

高高小白峀　　고고소백수
蒼翠古猶今　　창취고유금
日下終難望[2]　　일하종난망
回頭獨自吟　　회두독자음

1 **國望峰**국망봉: 소백산에 있는 봉우리.
2 日下일하: 하늘 아래 온 세상. 한나라 전체.

57

연화산

산이 마치 연꽃 같은 모양으로

군의 남쪽에 우뚝 솟았네

옛날 현자들 소리 높여 시가를 읊조리던 곳에는

다만 푸르른 산기운만 떠 있네

蓮花山[1] 연화산

山似芙蓉態　　산사부용태
亭亭立郡南　　정정입군남
昔賢嘯詠處　　석현소영처
但見翠浮嵐[2]　　단견취부남

1 蓮花山연화산: 경북 영주시 장수면, 문수면에 걸쳐 있는 산 이름.
2 浮嵐부남: 산속에 생기는 아지랑이 같은 기운이 떠 있음.

부록

철오鐵塢 박제형 선생 생애

박제형朴齊衡 선생(1882. 7. 5. ~ 1948. 8. 30.)은 반남인으로서 호는 철오鐵塢이며 자는 순칠舜七이다. 선생은 임오년(1882년, 고종 19년) 7월 5일 경상북도 영주군 문수면 탄산리(원암)에서 태종 당시 좌의정 조은 언의 16대손인 운수雲壽의 외아들로 태어나 유년기 스승이신 김휘철金輝轍에게 수학하기 위해 영주군 영주면 영주리 353번지로 이주하였다.

선생은 어려서부터 부모를 섬기는 데 효를 다하고 사물을 대하는 데 너그러워서 남의 어려움을 지성으로 도왔다고 한다. 두뇌가 탁월하여 15세에 대학과 소학을 통달하고 17세에 논어와 시전에 능통하여 어른들로부터 '학능學能'이란 별명을 얻었다. 또한 남달리 총명하고 명철한 데다 품성이 착해서 가난한 사람들에게 옷과 식량을 나누어 주고 멀리서 온 손님에게는 주머니를 털어 여비를 도와주는 도량을 가진 중후重厚한 성품을 지닌 의인

이었다.

선생은 1909년 인쇄소와 양조장을 경영하고 영주 금융조합설립에 참여하면서 투철한 애국심을 싹 틔웠으며 1910년 경술국치庚戌國恥를 당하자 의분을 참지 못하고 젊은 의기와 기상으로 조국의 독립을 쟁취하기 위하여 분투하며 많은 공적을 남겼다.

1910년 파리에서 만국평화회의가 열려 민족자결론民族自決論이 일어날 때 곽종석, 이만규, 권상익, 김동진, 김창숙 등과 일본 침략의 만행蠻行을 규탄하고 자유와 독립을 호소하는 장서전달계획(파리장서사건)을 추진하다 발각되어 도피 생활을 하게 되었다.

그 후 영주유림청년회(1919~1935)를 조직하고 각 부락에 야학회를 설립하여 항일 반일사상을 주입하였으며, 1920년에 영주학술강습회를 조직하고 1921~1924년에는 영남의 명사들과 성동城東이라는 결사를 맺고 시대의 암울함과 괴로움을 시문詩文으로 달랬다. 1925년에는 언문 잡지 발행에 참여하고 항일운동과 계몽운동을 하다 체포되어(5월) 성산형무소에서 3개월간 옥고를 치렀다(정론사 사건).

1926년(당시 45세)에는 심산 김창숙(당시 48세)이 동향인 송영호(당시 24세)를 통해 만주 내몽고 일대 미개간지 20만 평을 매입하여 동포들을 이주시켜 독립군을 양성하고 독립군의 무장화를 추진하는 데 필요한 자금 모집에 함께하자는 제의에 응하여 군자금을 보내는 데 적극 가담하여 경영하던 양조장, 인쇄소, 전답과 가옥 등 전 재산을 처분하여 헌납하였다. 또한 김창숙의 서한을 향리의 부호 정후섭 등에게 전달하는 등 수차례에 걸쳐 모금 활동을 하였다.

그 후 동양척식주식회사 폭파사건 자금 제공자로 체포되어(1926년 3월) 조선총독부령 7호 청치에 관한 범죄처벌과 치안유지법 위반으로 송영호와 함께 성주경찰서에 투옥되어 1년간 옥고를 치르던 중 1927년 2월 대구지방법원 공판에서 면소 판결로 출옥하였다(유림단 군자금 모집사건, 일명 2차 유림단 사건).

1927년 8월 29일 조선민족 독립 해방 추진 단체인 신간회 영주지회 설립에 참여하여 총무 간사로 취임하고 제4대 영주 금융조합장에 취임하였다. 1928년 3월 24일에 신간회 영주 지회장에 피선되어 민족운동을 적극적으로 전개했다. 선생은 출옥 후 금

족조치 상태로 왜경의 삼엄한 경비와 빈번한 가택수색을 피해가며 항일단체인 신간회 영주지회장과 청년회장 등을 계속 역임하면서 조국 독립을 위한 여러 활동을 하였다.

평생 조국 독립을 위해 헌신한 선생은 1945년 조국광복 후 국토가 분단되고 사회가 극도로 혼란한 가운데 가족의 생계를 이어 가기조차 어려워지고 기력이 날로 쇠약하여지다가 결국은 영양실조로 고통에 시달리며 1948년 8월 30일 향년 67세로 한 많은 생을 마쳤다.

2004년 정부가 선생의 공훈을 기려 건국포장에 추서하였으며, 2015년 6월 20일 선생의 묘는 국립대전현충원 애국지사 4묘역(제489호 제단)에 안장되었다.

성동수창록城東酬唱錄 서문

지나간 임오년(1942년) 초겨울에 내가 호서 지방인 단양을 유람할 때에 오가면서 강주의 길을 선택했으니 강주는 산수가 아름다운 고장이라고 이름이 일컬어지고 어진 선비, 벗이 많았는데 세상에 나오지 않고 은거한 사람에 호가 서주인 김근부와 호가 괴천인 이원보는 나와 더불어 서로 얼굴은 알지 못했으나 이보다 앞서 여러 번 서면을 통해서 안부를 물어도 정지情志가 서로 부합하여 마치 형제처럼 사귀었고 호가 소석인 권도원은 그 이름은 귀에 익숙한 지가 역시 오래였으며 그런 까닭으로 함께 동구대 아래의 호정湖亭에 이르러 밤새도록 술자리를 벌이고 유창하게 이야기하다가 시 한 수씩을 짓고 작별했는데 금년 여름에 권도원, 이원보가 그 모임 안의 여러 사람의 시를 붙여서 보였으니 이른바 성동수창록城東酬唱錄 한 권으로 나 겸진에게 그 서문을 부탁하였다.

그 속에는 역시 더러 강주剛州 사람은 아니면서 강주에 우거하다가 우연히 만나서 시를 지은 사람도 있었기 때문에 나도 그때 호정에서 지은 한 수로 함께하였으니 그 사람은 모두 25명이고 시는 전부 206수인데 내가 삼가 받아서 그를 읽어 보고 감탄하며 말하기를 "이렇게 할 만함이 있구나! 여러 군자가 그 모두 시를 특별히 좋아함이 여기에 이르렀구나! 그렇지 않으면 그 시가 도道가 된다고 들음으로써 마음에 답답하게 맺힌 바가 있어도 스스로 통할 수 없으면 반드시 시로써 그것이 발로가 되니, 발로가 되는 것이 그 불평不平이 새어 나옴이지 시를 특별히 좋아함이 아닐 것이다."고 하였다.

맹자의 말씀에 있기를 "그 시를 읊어 보고도 그 사람됨을 알지 못한다면 되겠는가? 이 때문에 그 당세를 논하는 것이다."라고 하였다. 대저 여러 군자는 시경의 국풍國風과 대아大雅, 소아小雅의 솜씨가 빼어나면서도 깨끗한 정치의 태평시대를 만나지 못하여 생용笙鏞과 금석金石과 같은 시문으로 국가의 왕성함을 절규하다가 성동城東의 한쪽 모퉁이에서 급히 서둘러 결사結社를 하고 농부의 의관과 허술한 비옷으로 아침저녁에 손짓으로 불러서 시를 읊조리며 서로 즐거워했으니 마치 사고우謝皐羽와 오사재

吳思齋가 월천음사月泉吟社를 만듦과 같고 또 명나라 말기에 여러 사람이 기사복사幾社復社와 같았다.

또한 그 시를 말함에 있어서 청아하고 비속함이 비록 다르고 음과 곡조가 비록 다르지만 태반은 모두 마음이 우울하고 근심으로 괴로웠으니 옛날에 있었던 굴원屈原이 초楚의 운명을 슬퍼하면서 술을 전술傳述한 소리를 남김이 또한 시대와 세태가 그러함이 아니겠는가? 시는 이런 것을 봄으로써 그를 징험할 수 있다.

그렇다면 그 시를 읽으면 그 사람됨을 알 수 있고 그 사람됨을 알면 그 마음도 알지 않을 수 없는데 만일 피로하게 자구와 시문의 성률聲律상의 병폐 사이에 정력이 지치고 갖은 지혜를 다 쓰면서 그 문장을 아름답게 겉만 꾸밈으로써 그 좋은 평판의 도움을 얻는다면 여러 군자도 역시 당연히 달갑게 여기지 않을 것이다. 나는 구변은 없지만 여러 군자를 위하여 원하는 것은 아니다.

– 갑신년(1944) 단오절에 진산晉山 하겸진이 서序하다

철오 박제형 선생 묘갈명

– 鐵塢公諱齊衡墓碣銘

성균관 전학典學 박원양朴遠陽 군이 그의 선친 철오공鐵塢公의 행장行狀을 가지고 내게 와서 말하되 "선인의 묘목은 아름드리나무가 되어도 아직 묘문은 없으니 자네에게 명銘을 부탁한다."고 하기에 나는 군과 좋은 사이이니 사양한들 모면할 수 있을까.

공의 휘諱는 제형齊衡이고 자는 순칠舜七이며 철오鐵塢는 그의 호다. 반남의 박씨는 고려 밀직사密直司 휘수諱秀를 상조上祖로 하여 직제학 문정공文正公 상충尙衷을 낳고 상충이 좌의정 평도공平度公 은訔을 낳았다. 3대가 내려와서 좌대언左代言 숙蓍에 이르러 영남 안동으로 우거하였고 또 4대를 내려와 예빈사판관禮賓寺判官 종룡從龍은 호가 초당草堂이며 다시 2대 아래의 사직司直 경증景曾은 호가 반학정伴鶴亭이니 다 문학과 행의行誼로서 저명하였는데 공은 반학공伴鶴公의 7세손이다. 고조高祖는 이규履規이고 증조는 시항時恒이며 조祖는 종탁宗鐸이고 호는 운수雲壽이며 비妣는 세분이니 안동 권씨 병문丙文의 딸이요 한양 조씨 운복運復의 딸이며 안동 권씨 동석東碩의 딸이다.

공은 고종 19년 임오壬午(서기 1882년) 7월 5일 원암리遠岩里 본가에서 태어났는바 후비 권씨의 소생이다. 공이 유년기에 이현梨峴으로 이거하였는데 그것은 향선생 수산睡山 김휘철金輝轍에게 수학하기 위해서였다. 공의 사람됨은 후중厚重하고 결백해서 부모를 섬기는 데 효를 다하고 사물을 대하는 데 너그러워서 남의 곤란함을 지성으로 도왔다. 반학정伴鶴亭을 중수하고 교사校舍를 수리하여 문물을 보존하고 세도世道를 유지하는 데 그의 노고가 적지 않았다.

그리고 유도儒道 청년 신간新幹 등 여러 회장으로 추대되어 신진新進한 영예英銳를 모아서 주야로 강론하여 인성仁性을 함양하고 의기를 고취하였는데, 이태왕이 승하昇遐하고 구주대전歐洲大戰이 종식됨에 파리에서 평화회의가 열려 민족자결의 논이 일어났다. 공은 면우俛宇 곽종석郭鍾錫, 심산心山 김창숙金昌淑 등 제공과 모의하여 한일합병의 억울한 사정에 대하여 장문의 성명聲明을 보내기로 하였는데 그 사건이 발각되어 함께 일하던 제공은 모두 성주에서 체포되어 몇 달 만에 돌아왔던 것이다.

그 뒤로 더욱 강개慷慨하고 울분함을 이기지 못하여 도내의 명류와 더불어 성동城東이란 결사結社를 맺고 구대산龜臺山 수간水間에서 시주소가詩酒嘯歌로 태연히 지냈던 바 당시當時 풍천風泉에 감회를 푼 '수창록酬唱錄'편은 그의 풍류함이 호방함을 알 수 있다.

그리고 을유 광복이 된 후에도 또 조국이 분단되었으니 지난날의 강개하고 울분하던 마음이 마침내 풀릴 수 없었다. 지난 무자戊子(1948년) 7월 7일에 주산柱山 우거寓居에서 몰하니 향년이 67세로 상좌리上坐里 만석봉하萬石峯下 축좌丑坐의 원原에 장사 지냈다.

공은 인동 장씨 복달復達의 딸과 결혼하여 1녀를 두었는데 김호락金浩樂에게 출가 보내고 공주 이씨 주광柱光의 딸을 재취로 맞아 3남을 두었으니 장남은 바로 원양遠陽이고 차남은 돈양敦陽이며 영천 군수이고 막내는 인양仁陽이다. 원양의 아들은 승억勝億, 승덕勝德, 승극勝極, 승탁勝卓, 승목勝穆, 승택勝澤이고 돈양의 자녀는 승엽勝曄, 승희勝熙, 승자勝子, 승경勝敬이며 인양의 자녀는 승종勝琮, 명자明子,승경勝璟, 승영勝瑛이다.

나는 수창록에 서문을 쓸 때 그의 비분강개悲憤慷慨하던 기개를 서술하였는데 지금 이 비명을 쓰니 거듭 한숨을 금할 수 없다. 이에 명銘하노니 만석봉萬石峯 하늘이 울어도 울지 않는데 이 투사의 봉분封墳은 더불어 높이 섰도다.

경술중춘지초庚戌仲春之初

문학박사 이가원李家源 謹撰

철오 선생의 생전 모습

아동 · 청년 학술 강습회 조직 운영

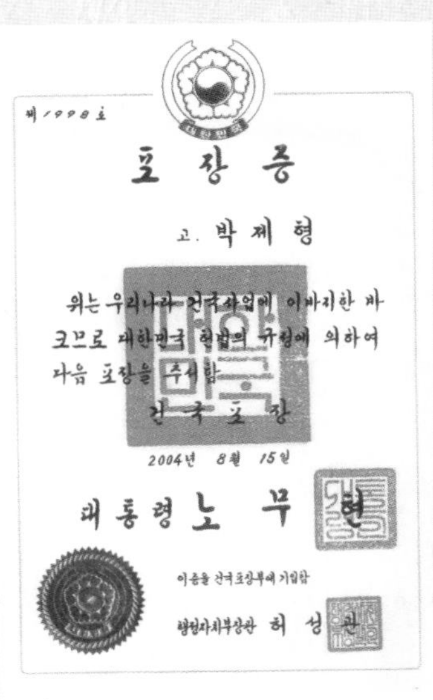

제1998호

포 장 증

고. 박 제 형

위는 우리나라 건국사업에 이바지한 바 크므로 대한민국 헌법의 규정에 의하여 다음 포장을 수여함

건 국 포 장

2004년 8월 15일

대통령 노 무 현

이 증을 건국포장부에 기입함

행정자치부장관 허 성 관

포장증

선생의 묘소

장남 원양의 생전(안정 면장 재직시) 모습

건국포장 대통령 친수 장면(손자 승극 수령)